KB164870

사랑水

over a wall

poetry

14

사랑水

송동현 시집

담장너머

아직 많이 부끄럽지만 그래도

고이 간직하던 일기장을 사랑하는 사람에게 보이듯

조심스럽게 건네봅니다

- 송동현 -

사랑해 사랑해

예쁜 장소에서
멋지게 주고 싶었던 내 마음이지만
이렇게 주는 것이 아쉽지만
그래도

내가 준 향기 맡으며
네 입술에 립스틱을 먹으며
살 수 있을까?

하얀 여백은
우리 같이 채우자

묶음 2
은빛날개새

묶음 3
훔친 사과

묶음 **4**
작은 그림자

묶음 **1**

사랑水

사랑水

흐르는 물에 손끝만 살짝 담그고
쉼없이 달려야 했던 시간을 흘려보낸다
가슴속 앙금은 불어오는 바람에게 가져가라 하고
악동이라 불리던 별명은 새에게 물어가라 하고
구멍난 주머니속의 동전처럼 꺼내놓는다

성공의 뒤에서 허겁지겁 따라오며
뒤도 못 돌아보던 사람들은 넘어지면 큰일날 줄 알고
좁은 골목을 새벽에야 올라가며
어디 앉아보지도 못하고
종종걸음 친다

햇살 가득 품고
귓불을 간질이는 바람이 오면
사랑水 흐르는 인적 드문 개천을 찾아
열다섯 소년으로 돌아가 훌렁 벗어던지고
뛰어들어보자

사랑木

늘푸른 적송은 하늘을 향해 끝닿을 줄 모르고
신록이 우거진 숲속의 나무들 푸른 잎들만 사랑하고
앙상해지는 겨울에는 슬픈 내 눈물을 닮았다 생각했지
하얀 꽃눈 날리다가 까맣게 익어가는 버찌를 동경하고
지구와 바꿔도 되는 줄 알았던 사과나무에 빨간 사과
별들을 주렁주렁 아람으로 달았던 뒷마당 밤나무

맛있는 것을 편리함을 주고 예쁜 것만 좋아하다가
진정한 사랑을 갈증느끼게 된 지금에서야
바람에 날려가 시간만큼 아쉬운 한숨 한번 쉬며
산을 찾다가 신령한 민족의 명산인 태백으로 가서
허름해진 탄광촌 숙소를 보며 짠함을 뒤로하고
사랑木을 찾았습니다 오늘을 위해 천년을 기다린 주목

사랑火

더 뜨거운 것을 보지 못했습니다

아니 아니 그렇게 뜨거워지는 둘 아니 하나
허공을 유영하다 끝없이 떨어지는 나락
더 이상의 아무것도 보이지 않는 떨림
들리지 않던 그 순간 진흙 속에서 피어나는 연화
겹겹이 빨간 잎을 겹쳐 입은 장미
하얀 목련 백옥보다 깨끗한 속살
불을 뿜던 용접봉이 만들던 집채만한 배
사랑木 당신 참나무 장작 열기
솟구치는 활화산의 뜨거운 용암
너무나 향기롭게 끓어오르던 火

더 뜨거운 것을 느낄 水 없을 것입니다
사랑
火

물방울

– 뿌려진 사랑

흩어진 말들이
가슴속에 하나하나 박혀들 때
부동액을 확 들이키면
등푸른 칼바람 이겨낼 수 있을까
황금빛 용포 휘날리는 갈참나무
궁예의 마지막 설화 되살리고
무지치폭포의 마지막 사랑
흩뿌려지는 무지개

흘러야만 해
그래도

크리스탈

보일 듯 보이지 않던
있는 듯 없는 듯 투명하게
아니 투명한 듯 보이던 너
빨간 와인 파란 하늘 담다가
천둥과 비바람 내 눈물 담다가

벗은 듯 벗지 않았던
입은 듯 입지 않고 바라보던
아니 수줍은 듯 외면하던 너
불같은 장미 열정의 파도 담다가
천근같은 고통 내 마음 담다가

다시는 사랑 못하게 항생제 놔주고
갔지 돌아오지 않을 너만의 세상으로
즈려밟을 꽃한송이 남겨두지 않고
갈증 달랠 소주 한잔마저도
그래 다시는 오지마라 사랑아
돌아선 그림자는 눈물이 없으니

견우

금강문 지나 눈 쌓인 절벽 오르는 길
구룡폭포에서 흘러오는
옥류담 옥색 물로 만든 얼음반지

사탕처럼 입에 넣고
정한 아가씨 손에 끼워주고도 싶지만

반백년 넘는 금단의 설봉산에서
따뜻한 손잡으니
수줍은 미소에 가슴 일렁인다

퀵서비스맨

박스에 들어가 착불 퀵으로 그대에게 달려가고 싶다

먼 훗날 바닷가에서 속삭이는 기억 흐려지면
폭포되어 떨어지던 차가운 시간에 발 담그고
서로를 보던 거리만큼 가까운 낡은 추억에 키스를
우리를 가려주던 폭우에 흘러가던 숨가쁜 정염情炎

가죽슈트를 입고 마음을 배달하는 늦깎이 대학생 퀵서비스맨
한낮에 운동하며 여유를 즐기는 것처럼 위장한 마지막 몸부림
바다를 향해 날아가고 싶지만 그나 나나 나나 그나
날개를 펼쳐도 바람에 흔들려 눈앞 꽃에 앉기도 버겁던 나비

사천삼백팔십번 해가 뜨고 져도 잊을 수 없는 새벽
모든 걸 무너트리고 세상의 벽속에 갇혀
손바닥만한 햇살마저 창살에 쪼개져 조각나고
조각도 그리워 꼼지락꼼지락 따라가는 발가락

왼쪽으로 돌아가는 시계바늘 따라 거울 속에 들어가
그대 있는 하늘 닿을 수 있을까 팔 다리 끊고 얼굴마저 뜯어내면
병아리는 껍질이 깨질걸 알고 있었을까
종이배처럼 흘러야 한다는 걸 알지만 넘고 싶은 벽을 친 시간

박스에 들어가 착불 퀵으로 그대에게 달려가고 싶다

비에 취한 사랑

제발 다른 길로 가기를 바라며
몸이 부서지는 줄도 모르고 일하다가
너무 곧게 자라 잘려나가는 아들을 보는
아버지의 이마에 깊은 주름이

공부만 잘하면 다 되는 줄 알고
땅을 일구던 거친 손으로 희망을 쥐다가
돈이 없어 꿈을 버려야하는 아들을 보는
어머니의 미소에는 이슬이

하얗게 핀 꽃은 희다고 외치는 아들을 보는
거친 바람의 너울에도 잘 달리며
돌아가도 찰랑거릴 가슴
얼마나 지나면 꼭 품어 안아줄 수 있을까
품고 있어야 할까
내 가슴은 맘놓고 열 수 없다

뒤돌아 선 그녀의 모습도 사랑합니다

뒤돌아 선 모습을 보이며 걸어갑니다
무너지는 밤하늘에 화려한 네온 술기운보다도 더
휘황찬란하게 돌고 돌아 눈물을 만듭니다
어지러움증과 구토가 몰려옵니다
소리내지도 못합니다
뒷모습만 눈물에 흐르고

세상의 풍파를 머금은 듯 흘러내리는 목소리
그녀의 눈물이 내 눈에 들어온 것인지
멈출 수가 없습니다
봄꽃 피어나는 길 아무렇지도 않은 듯 웃어도
마음은 전하지 못합니다 또
뒷모습을 지우려 내가 돌아섭니다

키보드를 두드리는 지금도 지워지지 않는 뒷모습
시계 바늘을 거꾸로 돌리면 그때의 시간이 될까
돌리고 또 돌려도 조금씩 번질 뿐
웃는 모습을 그릴 수 있게 해달라고
떨어지는 별을 주머니 속에 넣어 봅니다
비가 오면 다 지워질 수채화를
유리창에 그립니다

가슴 한켠

누구나
잊을 수 없는 사랑은
있지요

누구나
다시는 해볼 수 없는
그런 사랑이 있지요

첫사랑

햇살 맑은 일요일 · 1

혼자가 싫어 거리로 나왔다
웃는 사람들 팔짱끼고 걷는다
더 혼자가 된다

햇살 맑은 일요일 · 2

　이어폰 끼고 책을 보는 소녀 다가선 남자의 손끝에 환하게 웃는다 상영관 안으로 손잡고 들어가는 그들을 보며 용기가 사라져버린다 반가운 이름 몇 개를 찾아 통화버튼을 눌러보지만 이십여 분 시간만 지났을 뿐 함께할 사람은 없다 지금 건너편 의자만큼 커피가 식어가며 떠벌린다
　올 사람 하나 없는 혼자래요

햇살 맑은 일요일 · 3

가을이라서 외로워하는 것은 아냐
외로움을 핑계대라고 가을이 와준거야
낮은 변명을 해본다

잊을 수 있다면

그냥 그대로 멀어진다고 잊을 수 있다면
바다가 아니겠지요
귓바퀴를 간질간질 어르는 파도의 휘파람소리
아른아른 떠올라 눈물에 흐릿하게 번져가는 수평선
눈물 한번 흘려 잊을 수 있다면
바다가 아니겠지요

파도가 파도가 흔들고 간 시간을
눈물로 눈물로 잊을 수 있다면

그냥 그대로 멀어진다고 잊을 수 있다면
산이 아니겠지요
온몸을 살금살금 어르는 바람의 향기
어른어른 떠올라 파란 눈물에 흔들리던 나뭇잎
눈물 한번 흘려 잊을 수 있다면
산이 아니겠지요

바람이 바람이 흔들고 간 시간을
가슴을 가슴을 씻을 수 있다면

흐린 하늘 속에 잠긴 세상

흐린 기억 속에 흐린 하늘
추억 속에 잠겨

이제는

안녕이라는 말만
남겼습니다

하얀 사랑

홀로 아름다운 자태의 백합은
한 아름 꽃다발 속에서도
홀로 외로움 어이할 수 없지만
혼자 떼어놓아 못생긴 개나리는
여럿이 만든 노란 꽃무리로
함께여서 향긋한 사랑하지요

홀로 생명을 밝히던 민들레는
넓은 들판 비바람 속에서
홀로 외로움은 어이할 수 없지만
혼자 떼어놓아 못생긴 홀씨는
여럿이 함께 하늘로 올라
함께여서 하이얀 생명 이지요

토닥토닥

살살 꽃햇살 머금은 바람에
똑똑 녹아내려
굽이굽이 온몸을 어루고 어루다
가끔은 긁히고 멈추어도
빛조차 들지 않는 바다 깊숙한 곳까지
시간을 품고 흘러 생명을 틔우는
은빛날개새

다시 날지 못할까하는 두려움
이미 지웠습니다

묶음 2

은빛날개새

은빛날개새

은빛날개새가 높이 날아오르면
하늘정원에 피어있는 꽃들
작은 꽃가루 뿌리며
별을 만들지요

세상에 바람으로
강물의 푸릇한 내음을 전하고
들판의 꽃향기를 달게 퍼다주고
사람들의 땀내음 희망으로 전하고
매연 뿜는 바쁜 삶 여유를 만들고
술취한 토악질 가슴을 쓸어주고
세상에 바람으로

별을 만들지요
작은 꽃가루 뿌리며
하늘정원에 피어있는 꽃들
높이 날아오르는 은빛날개새

새싹의 날갯짓

까맣게 타버린 밤
작게 흔들리는 촛불의 영혼
죽음으로도 지킬 수 없는
서울의 심장

오를 수 없는
올라서면 안 될 독선의 칼날
너무 높은 벽에 그린 해맑은 웃음
수채화에 뿌려지는 빗방울

보이지 않을 만큼
너무나 투명한 시간의 오열
다가오는 풀빛 하늘
새싹의 날갯짓

침묵

왼손으로 밥을 먹으려다 눈물 쏙 빼고
왼손으로 쓴 글씨는 글 아닌 글
강제에 깎고 또 깎인 까맣게 흩날리는 머리카락
오른손을 내밀려고 디딘 왼발
바라만 보는 사람들의 생각을 읽을 수 없어
한 글자도 쓰지 않고 남긴 백지
강요에 써도 또 강요 까맣게 남긴 자국
암기를 위한 것이 아닌 망각을 위한 숙제

하양은 더 이상 하양이 아니다

시간을 담아 넘기는 소주잔의 책무
그늘을 만들다가 한 장 종이가 되는 나무
말없는 말이 긍정을 만들고 만들어
금강의 황톳물은 삼천궁녀의 심장을 옥죄고
한강 다리가 넓어지고 높아지고
여의도 한복판에 들어서는 크루즈 선착장
중국발 화물선을 기다리는 계약서는 부산행
대학생들의 낭만 자전거 인라인 종이배

새

오늘의 무게를 못 이겨
바다에 모든 걸 털어버리려는데
서쪽 하늘에 너무 너무 작은
새 한 마리가 있어요

호로롱 호로롱 작은 울림
꺼져가던 추억의 불길을 살려
재 되어 한줌 뿌려지는
영혼의 자리가 슬퍼요

흙으로 돌려보내고 남은 이슬
산 위로 떠오르는 태양에 스러지면
동쪽 하늘에 퍼지는 바람
모래시계 속 금모래 다시 흘러요

시계소리가 커지는 시간

동그란 바퀴가 있지만 달리지 않는 의자
쌓여가는 고지서 뭉치 서랍에 던져넣고
회전 기능을 확인하듯 빙 돌려 빙 돌아보지만
어차피 네모진 공간이 동그래지지는 않아

네모진 방문을 열기 위해서는
뾰족한 손잡이를 동그랗게 돌려야 해
네모난 침대는 그래도 보들보들한 네모
네모난 이불을 덮고 있다 동그란 등불 아래

어둠이 가득 차 그의 손자국을 지우고
남겨진 화병에 하얀 치자향은 말라가고
바뀌고 바뀐 계절만큼이나 방치했던
동그란 바퀴달린 첫 번째 서랍장

반지 목걸이 감기약 사진 그 위에
귀퉁이가 찢어진 네모난 콘돔껍데기
겉만 멀쩡할 콘돔 더 이상 필요없는 필요
다섯 번째 계절에야 쓰레기통으로 던져진다

멍하니 웃고 웃건만 그 웃음도 웃음인가보다

유혹

술병 속에 찰랑이는 세상이
추억의 향기는 털어버리라 하고
불만으로 터지려는 시뻘건 얼굴
쉼 없는 험담으로 혀의 의무를 다하고
돌고 도는 시계를 흉내내듯
똑같은 생각을 만들고
또 만든다

멋지게 사인한 세상의 몸값은
플라스틱 애인을 유혹해 세상을 토해내고
초점 잃은 눈을 현혹한 마네킹은
도도하게 눈길 한번 주지 않고
태양이 훼방을 놓아도 내일을 약속하는
산과 하늘의 검푸른 입맞춤만
또 바라본다

바람의 나래희

소리조차 내지 못한 이별
다시는 지울 수 없는 한땀 한땀의 시간
남아있는 심장의 흉터
기억하고 있습니다

이별에 대한 두려움
만날 수 없다는 것이 아닌 잊을 수 없다는 것
차가우리만치 파란 하늘로 사라진 새들
기억하고 있습니다

만나고 싶다는 바람
바람에 부풀어오르는 가슴만큼 더 커지는 숨소리
차라리 터져버리면 나올 꽃술은
기억하고 있습니다

세상 밖의 행군

이 작은 세상에 떨어지는 날개 잃은 별
그래도 언젠가 다시 처음부터
솟구쳐 오르는 바람에 깃이 돋으면
파란 하늘에 힘찬 날갯짓으로
곰삭힌 추억 건네주면

세상 밖의 행군이 시작 된다
아버지의 길이 아닌 길
홀로 걷는 새로운 길 옷깃 여미며
뚫어진 주머니 속에서 내일을 헤아려본다

콘크리트 절벽 사이로 흐르는 빨간 눈물
내일과 내일을 저당 잡은 금빛 카드
달려오는 헤드라이트 불빛에 던져버리고
술취한 오늘을 하나 하나 벗어놓고
발이 가는 곳으로 한발 내딛으면

세상 밖의 행군이 시작 된다
선배들의 길이 아닌 길
좌표 없는 네모난 세상 중심에 서서
깜깜한 밤 두팔 벌려 바람을 안아본다

삶의 향기

꽃망울이 세지 않아도 될 만큼 피어나는
치자나무 화분을 샀습니다
하얗게 옷깃을 연 속살은
온방을 여인의 살내음으로 가득 채우고
그 속으로 숨어 기다려봅니다
당신을

며칠이 지나고 향기가 더해갈 때
일주일에 두 번 시킨 대로 물을 줬건만
피어나던 꽃들이 노랗게 변해 그런가보다 했는데
까맣게 말라버렸습니다
어린잎들도
까맣게

원하는 것같아 그냥 맘대로
아침에 씻어주고 저녁에는 컵으로 건배하며
사랑을 줬습니다 물 한 모금으로
삼일 사일 의식하지 않은 날이 지나고
돌아왔습니다 새잎들이
교과서가 정답이 아닐 때도 있나봅니다
우리네 삶처럼

에스프레소

학교로 직장으로 가족들이 다 나가고
텅빈 집의 어수선함에 눌려
한숨을 쉬어본 적 있나요
커피 한잔 들고 수다 떨 친구라도 있으면
조금은 풀릴텐데
혼자 떠들던 텔레비전 뉴스는
연일 전세계가 어렵다고 한다
지갑을 열어보니 만원짜리 몇장
무작정 집을 나서본다
찬바람에 발걸음은 빨라지는데
특별히 갈 곳이 없다
젊은 연인들이 손 꼭잡고 들어서는
별이 그려진 커피전문점을 들어간다
연예인처럼 잘생긴 젊은 청년의 머리 위
메뉴들을 본다 너무 비싸다
손에든 지갑을 만지작 거려본다
에스프레소 주세요
드라마에서 봤던 게 생각나서 나온 말인데
너무 쓰다 이걸 어떻게 먹지
교복입고 재잘거리던 학교 뒤뜰
자판기 커피가 그리워진다

따뜻할 만한 커피를 조금씩 마셔본다
쓴맛이 익숙해지고 있다
낯설음에 놀랐던 혀끝도
이제는 저 앞에 여대생처럼
웃음을 만든다
이 자리에서 일어서면
또다시 지갑을 만지작거리겠지만
가끔은 이렇게 살아야겠다
쓴 커피 한 잔 시켜놓고
사람들의 재잘거리는 소리에 귀기울이고
그들의 밝은 얼굴을 흉내내며
가정부를 찾는 듯한 가족들의 한마디 말은
주머니 속으로 구겨넣어야겠다
고소해지는 쓴맛을

노란 꽃무리

봄을 알려주는 노란 꽃무리를 스쳐 지나가는 차창너머의 얼굴에 미소가 없다. 노랗고 예쁜 꽃무리 속의 꽃들은 무슨 생각을 하고 있을까. 노란 미소 뒤에 가려진 봄을 힘겹게 보내온 가슴앓이를 나만 모르고 있는 것을…, 가슴앓이 속에서 헤어나지 못하고 표정마저 어두운 나는 저 노란 꽃무리와 무엇이 다를까.

넘어지는 것을 두려워하지 않기에 걷기 시작하는 어린 아기를 보며, '걷기 위해 넘어져야 하는 구나. 넘어져야 걸을 수 있구나.' 생각하지만, 그렇게 살기에는 왠지 용기가 나지 않는다. 아니 이미 꿈을 지웠다고 해야 할 지도 모르겠다.

걷기 위해서는 일어나 앞으로 몸을 구부려 넘어질 정도가 되어 넘어지지 않을 만큼 빠르게 발을 떼어야 하는 것을…, 이미 걷기에 익숙해져버린 나는 지금 걷는 방법 자체를 잊어버리고 습관으로 다닐 뿐이다.

노란 꽃무리를 무심히 보는 차창너머의 얼굴은 아직도 무표정하다.

낡은 서랍 속을 나는 작은 새

하얀 너무나도 하얗게 빛나던 구름
한입 베어물고 날고 싶던 하늘
꿈을 위해 잠시 접은 여린 날개
바람의 유혹을 뿌리친 작은 새

파릇한 벼잎 위 이슬에 살며시 닿은 손끝
태양이 떠오를 때까지 하얗게 피어날 벼꽃
달려오는 버스의 불빛에 남겨둔 그 향기
차창 새벽 공기에 꿈을 뿌려주던 소년

진리만 넘쳐날 것 같던 대학
직시하라 외쳐라 강요하던 세상의 파편들
배움의 길에서 갈등하고 자책하던 양심
작은 사랑 꽃피우던 시간을 갈라놓은 현실

힐끗 밀어놓은 멀어져간 사람 사진
내일 내일만을 소리쳐 부른 다음, 다음
세상에 취해 비틀거리며 풀어헤친 넥타이
잠들지 말아야해 다짐하던 빈약한 월급봉투

소녀들 손에 자리해 있는 당당한 소망
내어줄 수 있는이라는 부끄러운 단서
낡은 서랍 속을 나는 작은 새를 품은 가슴
세상 속으로 한발 한발 조심스럽게 다시 또 다시

하늘 끝에 걸린 나무

네 바퀴를 돌아
여자라는 이름보다는
엄마라는 이름이 더 익숙할 때
비가 주루룩 창에 세상이 번집니다
흘러가는 물골을 따라 시간을 거슬러 봅니다

산길따라 걷고 걷다보면 나무와 친구되어
조잘조잘 학교에서 있었던 일을 자랑해봅니다
총각선생님의 콧날과 턱선 치아가 보이던 맑은 웃음
그리고 나를 보던 눈빛 내 볼보다 더 빨간
나뭇잎들의 수줍음 휘파람 한번 불며
세상을 안아봅니다

떨어지는 낙엽이 구르다
지쳐 바스러지면 눈앞이 번집니다
세상에 저 많은 불빛들 저마다 임자가 있는데
집으로 가는 좁은 골목 비쩍 마른 가로등
쉼없이 뒤도 보지 못하고 넘어지면 다시는 못 일어날까
작은 등불로도 다 밝혀질 보금자리를 만들기 위해
걷고 또 뛰고 제대로 앉아보지도 못했는데
저 많은 불빛 다른 세상입니다

시간을 거스르고 싶은데
자꾸 튕겨나오는 삶의 무게가
주루룩 흘러내립니다
엄마라는 이름

나는 꿈

　어린 시절 하늘 높이 한 점으로 원을 그리는 독수리가 될 수 있다 생각 했지요. 열심히 아주 열심히 노력한다면 하늘을 자유롭게 날며 따뜻한 나라로 가는 예쁜 꼬리 제비가 될 수 있을 거라 생각했죠.
　열심히 노력하면 저 하늘 최고 높은 곳에서 나는 새가 될 수는 없어도 강남까지 멀리는 갈 수 없어도 착하고 부지런히 먹이를 찾으면 행복해질 거라는

　지금은 남산 한귀퉁이에서
　산책 나온 사람들이 던져주는 과자를 주워먹는
　외발 비둘기 제대로 뛸 수 없고 제대로 날지 못해도
　새가 맞지요 하늘을 나는 하늘을 나는 하늘을
　나는 꿈이 있었죠
　나는

늘 그자리

하늘을 가로막던 높다란 벽돌담
이제는 옆 골목 간판도 가리지 못해
군침 돌게 하던 달고나는 없지만
아이들의 발길을 잡는 구멍가게
하늘에 좀더 가까이 가고 싶어
뒷동산에 올라도 멀기만한 하늘
운동장은 지워진 기억만큼 작아지고
향나무 속으로 기어올라 숨박꼭질하던 까만 얼굴
가시에 찔려 울상짓던 아이
수도에서 쏟아지는 시간에 손을 담그고
뛰어볼 엄두도 못내는 운동장을 봐도
돌아오지 않는 추억들

하늘은 늘 그자리 벽돌담에 닿아있다

조용한 책상

소설책 꽉 찬 가방
조용한 책상에 비치는 햇살
일탈을 동경하는 작은 새
햇살을 가르는
시간

눈물에 젖은 교과서
재가 되어 부서지는 일기장 속 글씨들
미래를 꿈꾸라는 선생님
일등에게로 줄 서있는
내일

허우적대던 기억
흔들리는 세상 속에 곧추선 소주잔
스멀스멀 기어가는 기억들
짓눌린 담배꽁초에 뿌린
오늘

종이 날개

주인 없는 커피
개수대에 흘려보낸 날이 며칠인가
여름을 말아쥔 낙엽
은빛 눈에 반해 버텨봐도
시린 사랑은 이미
하얗지가 않아

햇살 파란 내일
바람의 초록향기를 그리다가 지우는
끝을 알 수 없는 밤의 중간에서
커피잔에 식어가는 마음
사그라지는 추억
낡은 서랍 속에 잠을 재운다
더 깊이

아무것도 먹지 못하고
비가 올까 두려워 밖으로 나가지 못하고
오늘도 작은 서랍 속에서
날개에 분칠만 하는
또다른 꽃을 찾지 못하는

종이 날개를 갖은 나비

그래그래

그래그래 걸어가면 되는데
답을 찾다 답답해 물어보면 답은 없는거라
답해주네 없는 답을 찾으라는 숙제처럼
고민한다고 변하는 것은 없어

고개를 넘고 고개를 들어보면
고개가 있어 무릎 꿇고 마는 내 모습
없는 답을 찾으려는 두목답답한 고집
그래그래 걸어가면 되는데

천원天元

누가 실수라고 하고
누가 정수라고 할 것인가

일과 이 사이에 존재하는 사랑을 누구의 잣대로 실수가
아니라서 정수가 아니라서 사랑이 아니라 말할 수 있는가
다르다는 이유만으로 사랑이 사랑이 아닌 것은 아냐

실수는 실수 정수가 정수, 늘 정답은 아니듯이 그저 다를
뿐 사랑은 사랑이고 너와 같은 사람이 존재하지 않듯이 너
와 같지 않은 사랑 사랑이야 다른 것이 틀린 것은 아냐

누군 정수라고 할 것이고
누군 실수라고 하지

묶음 **3**

훔친 사과

훔친 사과

밤길 남산의 돌계단을 오른다
포토존에 기대어 내려다보면
어둠속 별들이 내려앉은
또다른 도시가 펼쳐진다
네온이 대기업의 이름을 만들어놓아
눈살이 찌푸려지지만
빨간 십자가가 무덤으로 만들지만
술에 취한 도시의 오물을 어둠이 가려주니
그래도 아름다운 곳에
작은 별 하나로 둥지를 만들고
산다는 것이 행복이다
아직은 내 것이 아니어서
그만은 별들 중에 하나를 빌렸지만
내 것이 생길 거라는
좀 멀어도 내 것일 거라는
네온 무지개 속에서
빨간 별로 사과를 그리고
아무도 몰래 주머니에 넣는다

디지털 유목민

진실만을 얘기해야 하는 실시간 뉴스들은
세상 저 위의 사람들의 입이 되어
다수의 하찮은 사람들을 만들고
정말 하찮은 사람들은 무플을 무서워하는 사람들에게
더러운 말들로 가상의 인격을 짓밟아버린다
커피도 팔지 않는 카페들을 찾아 헤메고 헤매며
가느다란 빛으로 세상을 밝히려 하나
하이 안녕 방가방가 하이룽 가벼운 인사도 잠시
사랑을 갈망하며 바다를 떠도는 디지털 유목민들
노를 젓고 저어 허상을 만들다가 로그아웃
세상에서 사라진다

얼음침대 · 1

사랑하는 사람과 함께하던
침대에 덮여있는 장미꽃송이들
파르르 파르르 얼어가는 마음과 마음에
남아있는 꽃잎

방울 되어 흐르고 흘러
세상에서 사라지는 것이 운명인데
바다를 찾아가는 달팽이
어디로 가야하는지는 알까

사랑으로 조금씩 쪼아 만든
얼음침대의 기러기 물이 되어 땅에 스몄는지
하늘로 갔는지 이제는 눈에서는 사라지고
가슴에만 있다

얼음침대 · 2

그대의 입술에 녹아내리는 아이스크림을 입에 넣고 그대로 인해 녹아내리며 무한한 사랑했죠. 그대의 뜨거운 몸에 열이 더할 때 그대가 들어올 때 그대가 사랑한다 속삭일 때 영원이라는 말로 들었죠. 아니 영원이라 속삭여 줬죠. 그대는

한없이 타오르는 그대에게서 녹아내리며 사랑이기에 그대를 그려야하기에 부여안고 어르고 어르고 또 어르며 뜨거워지는 심장을 원망하지는 않았어요. 원망하지 않아요. 세상에 스며드는 환희로 그대를 품고 있어요. 영원히 떨어지지 않을

작은 성냥개비를 쌓아 올려요
불이 당겨지면 모든 게 사라질 지라도 지금
이순간 작은 바람을 당겨요 더 큰 바람
바라면서

얼음토끼

꽁꽁 얼어있는 심장을 녹이려
작은 손 모아 천일 동안 기도하며
겨우 행복을 찾았는데
폴짝폴짝 높이높이 폴짝폴짝 멀리멀리
사랑을 가져다줄 행운이 보이지 않아

클로버 꽃반지 손가락에서 기다리지만
해가 다시 떠올라도 오지 않아
봄이 되면 다시 돌아온다는
풀꽃반지의 얘기가 오늘이 아니어도
다음 봄에 또 가슴에 품어야지

얼음인형

회색하늘에 싸여 있는 도시의
쓸쓸한 미소를 등지고 고개 숙인 모자
챙 밑으로 금간 보도블록
외로움에 찌든 검은 운동화
내리는 함박눈을
날아오르는 민들레 홀씨인양 그리워하며
비틀비틀 소주 한잔 털어넣는다
세상 고민을 다 태우려는
필터 끝까지 피우는 담배
고민은 네 것만으로 충분하다지만
포장마차가 들려주는 삶의 이야기도
이어폰으로 막아버린다
아스팔트 위에 떨어진
나이트클럽 전단지에
얼굴이 나오고 싶은 얼음인형
추위도 견뎌야 한다는
세상의 충고를 잊고
눈물을 흘린다

guilty pleasure
– 사랑하는 게 죄가 되어버린 사람들

부드럽게
빨수록 점점 더 강하게 커지는 것
톡톡 치면 더 잘 빨린다
손가락 사이에서 빙빙 도는 사랑 언제나
빳빳하고 통통해야 해

세상에 찌들은 비를 맞고
힘이 풀리면 가차 없이 버린다
더 이상 안 빨리는 것은 버려 빨고 빨리는 습관
색다른 맛을 찾아 혀로 감싸 부드럽게 때로는 강하게
결국은 그 맛이 그 맛임을 알았을 때
우린 너무 늦어 버렸어
다른 사람 보는 데서는 안 돼
다른이들이 알아도 안 돼
공공장소의 공공의 적

죄 아닌 죄를 짓고
생의 마지막까지 죄책감을 즐기는
길티 플래져
끽
연
가

광화문

"광화문이 이전되어 육이오전쟁 때 불타버린 곳이 어디
입니까?"
"광화문이 어디로 움직입니까? 건축물이"
경복궁 매표소 안내원이 바보처럼 보던 표정
생각난다 수년이 지나도

개구리가 올라앉아야 할 동그란 그늘 아래
물흐르는 대리석 이끼가 끼면 좀 낳아질까
매연 꽉찬 이곳에 나무라도 있었으면
광장 공원 길도 아닌 정체모를 공간
또다시 바보가 된다

남대문이 타버려도
잠시 화를 내다 말던 사람들 속에 서있기에
광화문을 검색창에 넣어본다

1395년, 태조 4년 그해 9월 창건
정도전鄭道傳이 사정문四正門이라 이름짓고
1425년, 세종 7년에 집현전은 광화문이라고 바꾸고
임진왜란 때 소실되어 사라지고 270여 년 뒤
1864년, 고종 1년에 흥선대원군의 경복궁 재건으로
다시 옛 모습을 되찾게 되었다
한일합방 후 1927년 조선총독부가
경복궁 동문인 건춘문建春門 북쪽에 이전했다
그 후 6·25전쟁으로 소실된 것을
1969년 2월 철근콘크리트 구조로 복원시켰다
철근콘크리트

복원이라는 말을 쓴다
철근콘크리트 덩어리로 만들고서
그냥 이미테이션이라고 하지 아니면 짝퉁?
명품이 아닌 싸구려지
광화문을 보며 부디 높은 담장 속의 숭례문은
명품이 되어 돌아오기를 바란다
실수는 한번으로 그치게

아무것도 하지 않는 것

바람이 불어 꽃잎이 떨어지고
그래도 남은 꽃은 열매의 길을 터주지만
모든 꽃이 열매를 맺으면 너무 작아져
예쁘고 실한 꽃잎만 남아야하는 게 맞지만
어느 꽃 한송이 미운 것이 있나요

슬픔은 슬픔 그대로로 잊어야 해
아프다고 좋았던 예뻤던 것을 끄집어내도
남아있는 슬픔은 더 커질 뿐이야

비가 쏟아져 가지가 부러지고
그래도 서있는 나무는 더욱 자라야지만
가지가 너무 많으면 무거워 떨궈야지
푸르고 튼튼한 가지들이 남아야 하는 게 맞지만
어느 가지 하나가 검은 잎을 달고 있던가요

슬픔은 슬픔 그대로로 잊어야해
아프다고 좋았던 예뻤던 것을 끄집어내도
남아있는 슬픔은 더 커질 뿐이야

따뜻한 햇살을 기다리고 기다려
그래도 이제는 해가 떴다고 좋아하지만
날마다 태양 아래 땅이 갈라지고 비를 기다려
적당히 덥고 적당히 비가 오고 바라는 게 많지만
아무것도 하지 않는 것이 더 좋을 때가 있어

소녀의 미소

한 명, 한 명의
붉은 손도장으로 피어나는 미소
주름이 늘었어도 아름다운데 멈추지 않는 눈물
주지 않았어 주지 않았어 결코
그저, 미친 일본군의 미친 짓거리였지
역사라고 말하지마
상처가 아물지 않아 지금도 아파
뻔뻔하게 고개든 침략의 자만심
살아있는 한

작은 손도장으로
피어나는 흰 꽃의 붉은 미소
소녀의 심장에 흐른다
소녀가 빼앗긴 시간
눈물

글루온[gluon]

　작아서 더 이상 작을 수 없어서 관심 받는 쿼크[quark] 훗날 더 작은 물질이 발견되어 외면될지도 모르지 작은 더 작은 것의 가치를 더하는 힘 글루온 볼 수 없고 느낄 수 없지만 존재하지

　높이 더 높이 더 이상 오를 곳 없는 곳에서 치적을 내세우려는데 그래도 존재하지 시린 손 불어가며 들어달라 느껴달라 외치는 작은 양심 바람이 매서워질수록 다시 살아나는 촛불

　쿼크처럼 작은 양심 양심의 움직임 그 움직임을 이끌어가는 촛불 쿼크를 움직이는 글루온 모른다고 없는 것이 아니지 작용하고 있지 언젠가 폭풍이 되어 오만과 아집을 한번에 날려버릴 준비를 하고 있지

　수만의 양심을 죽이기 위한 틀을 짜고 눈과 귀를 빼앗으며 세상 밖으로 몰아내려하지만 죽어도 죽어도 사라지지 않는 것이 양심 희망인 것을 그리도 모르는지 서울의 심장에 모여드는 촛불들의 소리가 들려온다 따뜻한 봄바람을 일으키기 위해

플라즈마[plasma]

교과서에는 없는 진실이 있지 아무리 배웠어도 모르는
것이 있지 세상이 변해가며 새로운 진실을 알게 되지 모
든 양심을 돈으로 얼리려 하지만 액체로 버티려고 하지만
있는 사람들만은 더욱 커지지 풍선 속 기체처럼

올라가지 말아야 할 너무 높은 곳에 올라가 앞을 보지
못하는 불쌍한 사람 힘으로 제압할 수 없는 것이 말 글 양
심인 것을 아직도 모르나보다 총 칼 군화발에도 따뜻한
봄바람을 만들어온 희망의 새싹들인데

자극하면 자극할수록 더 뜨거워지는 촛불 제4의 물질
플라즈마처럼 세상을 한꺼번에 바꿀 폭풍이 될 것이라는
걸 모르고 있는 오르지 말아야 할 곳의 불쌍한 사람

막을 수 없는 것을

운명

네모난세상에네모난네모난세상에네모
난네모난세상에네모난네모난세상에네모
난네모난세상에네모난네모난세상에네모
난네모난세상에네모난네모난세상에네모
난네모난세상에네모난네모난세상에네모
난네모난세상에네모난네모난세상에네모
난네모난세상에네모난

결정할 수 있는 것은 없어

네모난세상에네모난네모난세상에네모
난네모난세상에네모난네모난세상에네모
난네모난세상에네모난네모난세상에네모
난네모난세상에네모난네모난세상에네모
난네모난세상에네모난네모난세상에네모
난네모난세상에네모난네모난세상에네모
난네모난세상에네모난

강철가면

세상을 향한 바람 너무 너무 차가운 더 찬 표정
흔들림 없는 나무 더 깊은 슬픔 떨어지는 낙엽 하나
바위가 되어가는 눈빛 꽃이 있어야 하는 투명한 병 빈 병
장맛비 내리는 하늘 번쩍이는 표정 밥을 찾은 금붕어
널따란 지느러미 하얀 자동차 앞서가는 검은 차

작은 세상에 더 작은 마음 더 작은 눈물 바다를 향해
포로포로록 움직이는 눈물 흘릴 수 없는 몸짓 그들
눈동자의 끊임없는 호흡 금빛 반짝이는 갑옷 자음 모음
무의미한 나열 뿌려진 자판 지워진 기호 금빛 황동 목걸이
다이아를 닮은 귀고리 이미테이션 사랑 끓는 물을 부어 삼분

화장을 한다 새 하얀 얼굴 빨간 코 커다란 입술 되찾은 미소
사그라지는 불빛 비되어 내리는 강철가면 파란 눈물
지워지는 표정 눈꺼풀이 없는 그의 깊은 밤 깊어가는 밤
내일을 가로막은 투명한 벽 끼어있는 이끼 초록 세상
진실 내일 삶 현실 어제 죽음 꿈 거짓 오늘 이상

사칙연산 · 2

한 장 한장 종이를 더한다
몸을 덮는 까만 글씨가 써있기도 하다
두 장 네장 열여섯 더 곱한다
종이가 겹친 부분은 어두워졌다
육등신 칠등신 나누고 또
나눌수록 작아지는 종이들이 있다
더 작은 종이들 글씨는 빼고 싶다
한 슬픔 절망 침체 어둠 지금 내일 어제
지워지지 않는 무게
땀이 기어간다 스멀스멀

세상의 포장을 뗄 수 없다
물든 시간은 지워지지 않는다
1.04평의 장벽 녹슨 철망보다도 단단한 옥죄임
더 이상 팔이 움직이질 않는다
반목하는 사람들의 시선이 이리로 온다
마지막 남은 힘 세종대왕
지갑을 던진다 저 아래 흘러가는 한강에
기적을 보여줄 수 있을까

용기가 없다 저 흐르는 물과 함께 할
자신이 없다 검게 변한 저 물에 들어갈
다행이다 차라리 잘된 일이다.
비가 내린다 땀을 감춰줄
비가 내린다 스멀스멀 기어들던 글씨
비가 내린다 흘러내린다 살점을 저미는 종이옷
풀어져 간다 그들 생명 나무 생각
나를 풀어준다 더 이상 남지 않은 텍스트

멈춰버린 시계 내일을 알린다

깃발

청기 내려 황기 올려
청기 들지말고 황기 내리지말고 청기 내려
황기 들어 황기 들어 청기 들지말고 황기 들어
황기 계속 들어

새하얀 종이에 검은 점을 찍고
선 긋고 작은 마을을 그려 기억을 그리고 기억을 쓰고
기억을 남기려 그리고 지우려 쓰고
이것저것 해봐도 남은 것은
더 검어지는 마음

청기 내려 청기 내려
황기 올려 청기 내려 청기 던져버리고 백기 들어
백기 들어 백기 들어 청기 다시는 들지마
제발, 제발 황기 들어

새까만 종이에 흰점을 찍고 싶어
하얀 팬은 왜 없을까 검은 마음에 검정팬으로
작은 구멍을 뚫는다 빛이 들어온다
더 강해지는 세상을 향한 통로
점점 커진다 소통좌표 노랑 상생좌표 초록

황기 들어 황기 높이 들어 황기 들어
황기 더 높이 들어 제발 힘좀 내
때타지 않은 순수한 노란 깃발을 들어

흑백 선악 절대진리 찾고 찾으면
마음을 봐 절대 선이라 주장하지 말고
좋은 점을 찾아봐 세상과 소통하는 작은 구멍
불어오는 바람을 느껴봐

청기 내려 황기 들어 청기 내려 황기 들어
청기 황기 같이 내려 청기버리고 황기 들어

만세를 불러
두손 맞잡고 만세를 불러
행복의 만세를

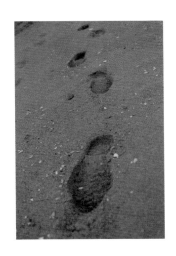

발자국

어디부터 어디까지
남기고 갈지 모르는 길
종소리에 하늘 한 번 바라보면
뒤따르는 그림자의
발자국

시간을 취하게 하다

하루를 반으로 잘라 오전 오후
밤과 낮으로 나누고
시간으로 쪼개어 열둘에 열둘을 만들고
열둘을 하나씩 끄집어내어 육십으로 만들고
또 육십으로 만들어 팔육사공공
다시 뭉쳐 셋으로 나눠
둘팔팔공공 잠을 자고 다른 하나는 일을 하고
또 다른 하나는 생활이라 부르지
가족과 웃고 운동을 하고
여행을 가지

더도 덜도 말고 남들만큼만
남들처럼만 하고 싶을 때 시간을 뭉쳐본다
일일일일일밥일일일일일 잠잠 일일일일일일일밥일일일일 잠잠
밥 하나가 부족하고 잠이 네 개 부족하고
여덟 개의 생활이 언제부터인지 일
뭉치고 뭉쳐 칠일을 만들어
열 개만 빼서 친구 가족과 보내고 싶은데
운동운동운동 세개를 빼기도 버겁다
여섯 개는 빼고 싶은데

봄이 오면 봄이 올 때까지
네 개로 사십이점일구오킬로미터를 달려야는데
그리고 싶은데 그러기위해서는
일 두 개는 운동운동이 필요한데

두 달이라는 기간 동안에 모처럼 생긴
열 개를 운동 가족이 아닌 술술술 술술 술술술 가물가물
내가 마신 술에 세상도 취한다
너무너무 소중한 시간을
취하게 한다

묶음 **4**

작은 그림자

작은 그림자

너무 힘들어도 너무 기뻐도
숨어버리는 친구는
늘 고향을 꿈꾸고 있어

운악산의 맑은 계곡과
파란 나무들과 웅장한 바위는
어머니란 이름과 함께

도시의 화려한 네온과
많은 사람들의 환호 속에서도
늘 고향을 꿈꾸고 있어

하얗게 핀 벼꽃은 희다

밤새 태양을 기다리던 벼꽃은
이슬이 스러져가면 몸을 움츠리고
내일을 기다려야 하는 것을

제발 다른 길로 가기를 바라며
땅을 일구던 거친 손으로 희망을 쥐다가
돈이 없어 꿈을 버려야 하는 아들을 보는
아버지의 이마에 깊은 주름이

바르고 부지런하면 다 되는 줄 알고
몸이 부서지는 줄도 모르고 일하다가
너무 곧게 자라 빨간 명찰을 단 아들을 보는
어머니의 미소에는 이슬이

이슬이 마르면 꽃잎을 접어야하는 하얀 벼꽃
사랑이 넘치는 말없는 말을 머금고
더 뜨거운 가을태양을 향해 외친다

하얗게 핀 꽃은 희다
하얗게 핀 벼꽃은

지게그늘

운악산 비탈을 굴러온 돌이 쌓여
돌복소라 불리던 곳
세살박이 아기를 태운 지게의 땀방울
산비탈 밭자락에 멈추고
머루덩굴 올려 만든 지게그늘
새콤한 사랑을 먹는다

해질녘 지게가 헛간에 쉬러가면
쇠죽에 들어있는 감자
풀내음을 머금고
아버지의 사랑을 풋풋하게
아기의 볼살 더 볼록하게 한다

두눈 크게 뜬 자동차 행렬
서둘러 저마다의 집을 찾고
인도를 걷는 삶의 무게가 옷깃을 여밀 때
한겨울 리어카에 따끈한 군밤
화롯불 불씨를 추억해
세살박이 아기의 감자를 찾아간다
그리움이라는 이름으로

비경 悲境

언 손 불며 날리던 연줄이 끊어지면
운악산 무지치 폭포 위 궁예의 궁궐 터
성을 쌓아 결전을 벌이다 생을 마친 그곳으로
할아버지의 주름진 이야기가 날아오른다
봄철 하얀 철쭉 꽃잎에
궁예의 한쪽 눈을 대신할 검은 점이 맺히면
울창한 숲속에 새들은 눈물짓고
참나무 사이로 뚝뚝 오욕의 세월이 진다
걱정이 생길 때마다 하늘로 연을 날리던 아이
옛 얘기를 회상하는 청년이 되어
애꾸눈으로 아픈 역사를 더듬어 찍다보니
어느새 다가와 운악산 바위에 앉으신 궁예
황금빛 용포 찬연히 빛을 발하고 있다

운악산

높이 날던 연 줄이 끊어지면
운악산 무지치 폭포 위 궁궐로
할아버지의 주름진 이야기가
날아오른다

봄이면 하얀 철쭉꽃잎에
한쪽 눈을 대신한 검은 점
노란 새들의 눈물
숲을 만든다

장대비에 내리구르는 바위
고구려를 이어가고
성지를 품에 안은 무지개
내일을 연다

찬바람이 옷깃을 세우면
구름위로 솟은 백호의 심장
궁예의 용포를 입은 운악산은
황금빛이다

한옥마을

갈 곳이 떠오르지 않을 때
지하철 안에 있다면
충무로역으로 방향이 정해진다
한옥마을이라는 이름으로 타임캡슐을 품고 있는 곳
한옥이 만들어주는 그림자 고운 선에
넋을 잃고 연못 잉어들을 보다가
파장을 일으키는 움직임 속 작은 새끼들
조금만 더 올라가면
서울 속의 계곡을 느낄 수 있게
봄부터 가을까지 언제나 물이 흐른다
키 큰 수초들은 바람에 하늘거리고
잔디 언덕은 하늘에 닿았다
내려오는 길 한옥의 고풍스러움에
푹 빠져들다가 우리보다 더 관심이 많은
외국인들의 얼굴을 보며
잠시 쉬러와 자연만을 즐기던
내가 부끄러워지지만 쉴 곳이 있어 좋다
자연과 한옥의 옛스러움
쌓인 눈에 발자국 찍기

추억 한 모금

하늘 끝에 걸린 나무의 손가락 따라
왼쪽으로 도는 시계바늘과 내달려본다
왼손을 내어주고 왼발을 먼저 내딛고
왼쪽으로 맴 맴돌아본다
양철대문 사이로 보이는 구멍난 신발 발가락
깽깽이 발을 하고 납작한 돌을 차는 소년
까맣고 작은 손에 들린 유리구슬의 하얀뼈
왼쪽 눈 찡그린 만큼 내일을 맞추고
하하하 배를 잡던 왼손 안에 세상
두레박으로 길어올린 시간 한 모금
돌이끼 머금은 시간을 채워준다

해는 뜬다

내일 내일을 기다리면
오늘 어제를 힘겨워해도 해는 뜬다
어제 오늘을 잘못 선택했다하더라도
내일을 찾으면 떠오르는 태양을 보고 웃을 수 있다
창가로 들어오는 햇살 그 뒤로 생기는
작은 풍난 그림자에 작은 분무기로
무지개 만들고 손을 뻗으면
사라지고 또 사라져도

내일을 기다리면
무지개가 있는 곳으로 갈 수 있다
오늘 어제를 기억하면
해는 뜬다

꽃대 올라오면

새로 난 포기가 햇살을 머금고
쑥쑥 올라와 철이 지나니
꽃대궁 하나 쏘옥 올라와 꽃망울을 터트린다
꽃대궁과 만나는 곳에 작은 눈물이 맺힌다
그간 얼마나 힘들었으면

어떤 이는 분무기로
잎을 닦으며 물을 주고
어떤 이는 컵으로 부어주고
잘 배운 사람들은 화분을 물에 담가두라지요

샤워기로 이주에 한번
삼사십분 목욕을 시켜줍니다
꽃대궁 올라오는 모습에
사람들은 신기해합니다
나는 난의 눈물을 슬퍼하고

나를 닮은 꽃

신경쓰지 않아도 날은 풀리고
노랗게 점점이 보이다가
무리 지어 피어난 개나리를 보며
관심 받지 못한 겨울 얼마나 치열했을까
나리꽃이라 부르지 않는 것도
미안하네요

네모진 세상에 가둬놓고
관심과 사랑이 줄어들어 조르고 졸라야
밥을 흩뿌려주고 나몰라라 일을 하고
새끼들에게 이름도 안 지어주고
그냥 구피들 이렇게 부르니
미안하네요

내게 온 겨울만 춥고
보일러도 없이 보낸 꽃들의 겨울
어항 속에 갇혀 답답할 물고기들의 겨울
무리 지어 있는 그들만 바라봅니다
어우러진 모습만 예뻐합니다
나만의 사랑 얼마나 기다렸을까
얼마나 치열했을까
미안하네요

나를 보는 사람들은 · 1

나를 보는 사람들은
작은 세상에서
작은 생각을 한다고 하지

나를 보는 사람들은
아무 생각 없이
주는 만큼 다 먹는다고 하지

나를 보는 사람들은
차가운 표정 보고
추억은 없을 거라 생각하지

나를 보는 사람들은
자기들 생각 속에 갇혀
내 마음을 몰라준다 생각하지

나를 보는 사람들은 · 2

나를 보는 사람들은
금빛 반짝이는 옷을 보며
아름답다 찬사를 아끼지 않지

나를 보는 사람들은
하늘거리는 손짓에
환상에 사로잡혀 눈을 떼지 않지

나를 보는 사람들은
작은 얘기를 속닥거리면
입술이 예쁘다고 미소 짓지

나를 보는 사람들은
자기들 생각 속에 갇혀
유리관 속의 죽은 삶은 모르지

예삐의 꿈

네모진 투명한 담장너머 세상은 예쁜 뭔가로 가득한데

물의 흐름에 몸을 맡긴 개구리밥은 뿌리하나 길게 내리고
빛이 들어오는 수면까지 데려다주기를 바라지만
보채지는 않는다 그저 기다릴 뿐
톡톡 쪼아도 쉴새없이 입을 벌려도
사랑을 먹으려 번쩍이는 비늘을 자랑해도
하늘하늘 세상을 투명하게 비추는 지느러미
아가미로 새나가는 시간은 머금을 수 없어
그냥 흐름에 맡기고 역류하는 본능은 사각 세상의 끝
그래 무지개 속에 집을 지을 수는 없지

내일 해가 뜨면 날개를 활짝펴고 창공을 날아보리라

푸른 향기의 꿈

둥쾅둥쾅 울리는 진동
화려하게 돌아가는 조명등의 점멸
세상 모든 것을 잊고
마구 흔들리는 내 모습

내가 나를 바라보는 두려움
삶의 은줄을 부여잡고
다시 돌아가야 한다는 의무감
마구 흔들리는 내 모습

순간을 영원히 간직할 사진 한 장
슬픔은 눈물로 지우고
사랑은 시간으로 지워야해
마구 흔들리는 파란하늘
바람의 향기

이모

엄마와 이모는 서로 모른다
아니 피가 섞이지 않았다
그러나 떡볶이 어묵 튀김을 아주 맛나게
배부르게 주는 이모
사랑이 담겨 있음을 어찌 모를까
오늘 몇시간 전 아니 몇시간 전 어제
이모를 속였다

이모의 착각으로 엊그제
삼천원 받아야 할 떡볶이 일인분 어묵 두 개
이천원 받았다 알고 있다 알게 되었다 오늘
그런데 순간의 망설임 줄까 말까
알까 모를까 잔돈이 없어 바빴던 이모
난 이천원인줄 알고 싸다고 생각했는데
삼천원이었다 오늘은

내일은 꼭
그래 내일 이 글과 천원을
봉투에 담아 이모 손에 쥐어줘야겠다
길거리 분식점 이모에게

보물섬

저마다 가방을 메고 있다
아주 큰 가방을 모두가 메고 있다
어두운 곳을 달리다 밝은 곳으로 나온 곳
저마다 세상에 찌든 파란 표정 짓다가
졸린 눈 반짝 내일을 기대하다가
이백원 커피 한잔 자판기 뱃속을 뒤지고
담배 연기에 오늘의 시름을 날려버리고
엘리베이터 문이 열리면 내일의 고민은 망각한 채
지금의 기쁨에 입가가 살짝 올라간다
힘찬 발걸음이 시작된다
변하는 모습을 보면서

소풍나온 보물찾기
하나 하나 발견하며 보물섬을 만든다
오늘 내일 지금 그리고 어제
이제 남은 것은 먼지 날리는 지하철 불빛
반갑게 맞이한다
뚝섬역에 가면

내 머릿속에 고양이

기어다니는 텍스트들
들판을 서성이다 빌딩숲으로 달려들어
어디도 못가고 뱅글뱅글 제자리 검은 줄 긋던
잘난 사람 빨간 줄 긋던 억울한 사람
형광색 줄 긋던 돈 많은 사람
모두가 제자리
찍찍 찍찍찍

돌고 돌리고 뛰어다닌다
사람 사람 사람들 굴리고 굴리다 찍찍 찍찍찍
쥐가 들어왔다 머릿속에 내일은
갈 곳을 잃었다 자음과 모음
심장을 찾을 수 없다 108개
번뇌들 튀어오른다

작은 방의 네모진 제왕
그들의 웃음소리에 꼬리를 세운다
팔을 휘젔고 도움닫기를 한다 하늘 높이
나비가 된다 눈만 하얀 회색고양이 세탁기로 뛰어든다
전원을 밟고 이야오옹이야오옹이야오오옹
낚시대에 매달린 공보다
나쁜 줄긋기

물이 쏟아지고 돌고 도는 어둠
누군가 손을 내밀어주지 않으면
찌든 때를 지우고도
손이 없으면
어떻게

내 머릿속에 고양이

시인

시답잖은 생각
시답잖은 생활 시답잖은 시
시인하겠습니다
시인하지마라해도 시인하겠습니다
시인하겠습니다
시답잖은 시 시답잖은 생활
시답잖은 생각

시인하겠습니다
시인하지마라해도 시인하겠습니다
시답잖은 생각에 눈물 흘리며
시인

인지생략

over a wall poetry **14**

사랑

2011년 5월 15일 초판 1쇄 인쇄
2011년 5월 25일 초판 1쇄 펴냄

지은이 · 디자인 · 사진 | 송동현

펴낸이 | 송계원
펴낸곳 | 도서출판 담장너머
등 록 | 2005년 1월 27일 제2-4102
주 소 | 100-273 서울시 중구 필동3가 55-1 3층
전 화 | 02-2268-7680
팩 스 | 02-2268-7681
이메일 | overawall@hanmail.net

2011 ⓒ 송동현

ISBN 89-92392-23-5 03810
값 10,000원

* 파본은 본사나 구입하신 서점에서 교환해드립니다.

훔친 사과

송동현

밤길 남산의 돌계단을 오른다
포토존에 기대어 내려다보면
어둠속 별들이 내려앉은
또다른 도시가 펼쳐진다
네온이 대기업의 이름을 만들어놓아
눈살이 찌푸려지지만
빨간 십자가가 무덤으로 만들지만
술에 취한 도시의 오물을 어둠이 가려주니
그래도 아름다운 곳에
작은 별 하나로 둥지를 만들고
산다는 것이 행복이다
아직은 내 것이 아니어서
그만은 별들 중에 하나를 빌렸지만
내 것이 생길 거라는
좀 멀어도 내 것일 거라는
네온 무지개 속에서
빨간 별로 사과를 그리고
아무도 몰래 주머니에 넣는다

발자국

송동현

어디부터 어디까지
남기고 갈지 모르는 길
종소리에 하늘 한 번 바라보면
뒤따르는 그림자의
발자국

담자너머

9 788992 392235
ISBN 978-89-92392-23-5

값 10,000원